安静的冷

许春波 著

浙江工商大学出版社 | 杭州
ZHEJIANG GONGSHANG UNIVERSITY PRESS

图书在版编目(CIP)数据

安静的冷 / 许春波著. —杭州:浙江工商大学出版社,2019.1

ISBN 978-7-5178-3117-4

Ⅰ. ①安… Ⅱ. ①许… Ⅲ. ①诗集—中国—当代 Ⅳ. ①I227

中国版本图书馆 CIP 数据核字(2019)第010560号

安静的冷

AN JING DE LENG

许春波 著

责任编辑	刘淑娟　白小平
责任校对	何小玲
封面设计	林朦朦
责任印制	包建辉
出版发行	浙江工商大学出版社
	(杭州市教工路198号　邮政编码310012)
	(E-mail:zjgsupress@163.com)
	(网址:http://www.zjgsupress.com)
	电话:0571-88904980,88831806(传真)
排　　版	杭州朝曦图文设计有限公司
印　　刷	杭州五象印务有限公司
开　　本	880mm×1230mm　1/32
总 印 张	6.875
字　　数	130千
版 印 次	2019年1月第1版　2019年1月第1次印刷
书　　号	ISBN 978-7-5178-3117-4
定　　价	35.00元

序

可以这么联想：一脸虬须、膀大腰圆的蒙古族汉子，骑在马背上驰骋在大草原，单手钩着牛皮酒壶，豪饮四方。一望无际的蓝天白云，风吹草低，长调悠扬……

许春波我熟悉，是个热情、幽默、睿智而忙碌的人。即使偶尔停下来，也像翅膀未干的鸟儿，拍拍翅膀又要飞走。但他每天起床后都会写上一首诗，他写诗是循环的自娱运动，轻松地踏歌而行，以缓解焦虑或是超越伤痛。更多的成分是吐出浊气，有一个更新鲜的早晨。

前一阵子，春波要我为他的诗集《安静的冷》码几个字。说实话我是个懒人，不像别的诗人那么勤快，开口阿赫马托娃闭口奥登，整个儿学院派的范儿。我很少把一本诗集从头到尾一字不落地啃完，一般都是蛙跳式阅读，解解馋而已，不求甚解，不做阅读的奴隶。然而，春波算是个例外，他的诗我都会反复读，因为值得一读。这么说吧，在秋高气爽、丹桂飘香的季节，读一读《安静的冷》，有一种难得的快意。

这个虎背熊腰的蒙古族大汉酒量好不奇怪，但绞尽脑汁也想象不出，他竟然还和诗结缘，笔触细腻、唯美，用词精准、漂亮，倒像是拿绣花针的纤纤江南女子的所为。更难能可贵的是,他还保留着伊始的童真和淳朴。春波的诗确实与别人不同,他的骨子里镌刻着佛理,佛的意境融入他的意象中,他给佛穿上了诗的袈裟,而自己就是个降魔伏妖的护法。

春波在诗的容器里频频呈现佛性。我觉得,他的佛就是邻家大叔,睿智、亲切、不拘谨、不盲从。诗中浸透着一个透明的灵魂———一个充满禅意的载体。

《安静的冷》字里行间处处飘着莲花的清香,散发着佛的智慧。他不入俗世的写作令人惊讶,肆意地播撒着意象之花,在如今熙熙攘攘为利忙碌的尘世间,同时他也在内观,在凝视自己。《安静的冷》犹如一股清泉,沁人心扉。细细品味,大有醍醐灌顶、猛然开悟之感。

在此,我把诗集归结成三点。

其一,敏锐的艺术感受力,使意境呈放异彩。

诗穿透了他的灵魂,很唯美地流了出来。这种写法很容易走进一个盲区,弄得近亲结婚,陷入窘迫境地。不过他还是打破了习惯性的审美,走出了一条自己的路子。

春波不写女人不写爱情不写仇恨不写战争,这就约束了很大一部分题材,这不是文化母体自身的基因缺陷,而是他自我圈定了一个范畴。他善于利用一些词语的变异来提高艺术温度,并软化建立起来的陌生感。"在老家/取暖用的火盆,被取了下来/点燃/我深知,在一瞬间/升起的温度会改变一切/包括,僵硬的文字",并且"旁观者,挂满补丁的眼神"(《走进冬天》)。他把简单复杂化,为的是在这个色调狂乱充满焦虑的节段,用它来替代理性的辨识。又如"草原上,阳光是绿色的/我们都用遥远的白色回声,来计算路程"(《在秋季的末尾》),作者用诡谲的意象,把阳光比喻成绿色的,并用白色的回声来计算路程。这些独特的想象带活了诗句,盘活了诗的意境,让读者有了新的视角。

作者有时也会剑走偏锋,一种怪异的修辞搭配,使人耳目一新。如《古为今用》"远离水车的古井,如今/成了一本线装书,从里面/渗出的文字,还是甘甜/也还有悠扬的韵脚,就像几百年前"。古今、线装书、渗出的文字、悠扬的韵脚混搭成诗,有着视觉感知的活性,让读者有了想象的空间,任凭你海阔天空。看得出来,在词语的搭配上他是用了心思的。可能会有人说看不懂,那又有什么关系呢,意到了,那就有了。

其二,丝丝入扣的思乡情结,让作品有血有肉。

春波的诗歌想象力丰富,意象奇诡,所营造的意境时而明丽灵动,时而妩媚动人,时而空寂幽深,时而童真透明,仿佛是借精灵之手随意营造所得。而这一切都来自他敏锐的艺术感受力。

春波的诗中有他独特的灵魂密码,骨子里流着北方汉子的血,梦萦回在大草原上、马背上。"把一些笑声盖上辽阔/或者,和马一起飞奔/自己放牧自己"(《秋天和牧马》)。在昏昧的生命里唤起一种欲望的潮汐,一种关于生存意义的感应和悸动。作者虽然在南方待了很久,身上都长了湿润的青苔,但思乡的情结依旧坚固。如《草原的炊烟》"风一吹,结下的草籽敲击着旅途/我用嗅觉来测算故乡的浓度/你说,炊烟太浓,会打湿/双眼",浓浓的乡情跃然纸上。谁说男人无情? 只不过把情感像穴居动物一般深埋,挡住了人们鹰一般机警的视线。

诗人的思绪穿过城市,感受到了远方,在一个既熟悉又陌生的地方,他在敲打着什么? 那是在敲打灵魂。这个内心无比矛盾的家伙,拿起矛和盾相互戳戳,南方与北方戳戳,工作与写作戳戳。诗人生于内蒙古这个地方,也长于斯。关于故乡的记忆反复跳跃在他的诗中,悬浮在心头的是游子割舍不下的挂念。

其三,贯穿佛理,却通俗易懂。

观自在,不束缚,诗中呈现大情。当今浮躁的诗风,让很多作品根本就找不到底线,实则是文化垃圾。诗人戴着硬壳把自己屏蔽起来,使诗歌回到原始状态。春波对佛的理解不是呆板的,不乏风趣,并且雅俗皆宜,"把经文都混合起来,涂在墙上/这是最完美的组合,安静的时候/震得耳朵发麻,你说/那是火锅里花椒的味道"(《体会国学》),佛给诗人提供的视野不是单一的,是多重而立体的,更亲近与众生。

他对禅意的诠释是随意的,不过看似漫不经心,实则有意,把小我扣在了诗中,如《清晨的飞》"我看见你跃过清晨的栅栏/沿着佛的法迹飞奔/天空又矮又瘦,虽然时不时/会碰到脆弱的翅膀,幸福的是/肉身轻盈",一个有着好身体,也想展翅高飞的鸟儿,可叹"天空又矮又瘦",还不时会"碰到脆弱的翅膀",这会是怎么样的心情?

春波大多诗里有触碰到佛的情形。他的诗像是佛的脸书,他用朴素的语言构建了自己的诗的殿堂。如今粗放式的发展,争抢和投机成了主流,也牺牲了很多东西,包括优秀的传统文化,像一匹脱缰的马。而春波却在慢下来,在冷却下来。如《安静的冷》"黎明穿过我的眼睛,被过滤/成为佛要的白色,剩余的/把晨间的钟声染清,洗净/做佛前的供品,然后佛掐指一算/卦象中的果与清晨一一对应……"他秉持着淡然的心态对待俗世,把慢和静打通想象的经络,营造了自省。《清晨走过大运河》"日子都向下沉去,沉在河底/勾兑成一杯陈年的酒/倒进鱼的脚印里,请佛共饮……"诗人用了清淡而朴素的语言将一时一地的镜像,置于怪异的转换中,腾挪着空灵的想象,尽抒无比深广的禅意。

有信仰的人是幸运的,因为他内心有一个真正的兄弟。归属意识庄严地碾过灵魂,像是对个体生命衰弱状态的一次定义。不遗余力地贯穿着他的佛,坚守着他的世界。内心发光的地方,以一种大家都熟悉的意象,再度呈现。他有与生俱来的佛心,摆脱世俗的衣袍,追求自然之大美。有信仰的人才有干净的灵魂,因为有信仰的人就会有敬畏感,内心中对事物的真善美与恶行有个明显的界限。

跟着他走,到南山之南的娑婆世界。在这里能静一下心,净一下灵魂。

是为序。

周小波

2018年10月10日

目 录

静修思考

阳光漫天飞舞,陈旧的头发
挡住渐凉的秋风,温暖简单
每个光点上,佛都出现
应作如是观

用声音把声音唤醒,顺便
叫醒在风里斜行的北雁
选择佛号的边缘,小憩
光线下的禅意,画出一道弧线

自此,了不可得

还 原

念着佛号出门,被移植到异乡
缭绕的佛意,成为动词

好多年了,还是试着
把佛意,还原成名词

入　门

云慢慢卷起,散去
隔着一滴雨,双手合十
明理,之后悟心

失眠的阳光,照在窗口
清除掉面壁的影子,换上禅纱
不管,佛在不在家
径直,推门而入

晨　课

钟声响过,佛慢慢出门
影子和塑身,都留在殿上

我点燃的香,亭亭玉立

遇 见

.

拐一个弯之后,停下来
这样,就能遇见易容的佛

输上佛号,才能看见真身
还不算晚
如此,脚印一个一个地醒来
更快地散去

佛号渐渐苍茫
白露时节的草,也慢慢低下头来
拄起拐杖

安静
的
冷

修　行

东西南北,上下
时间密麻,用布施的线
编成笼子

留佛长住后,得智慧解脱
或者,生死自如

迷 时

无法自度,只能
被佛带走

留下的一炷香
袅袅地,围着我的肉身
发愣

连　线

佛拈花的手指上，小心地
做一条辅助线，连起彼岸

你说不要太长
能串起手上的日月，就够了

读 经

看起来,佛的右手比左手
更加神秘
隔着温柔佛号,用左手
拉着佛,轻轻坐下

好些,未能领悟的箴言
隽语,摆在架上
目光穿过一层一层的篱笆
回到草原

即来的秋天面前,还是陌生人
于是,与某些时刻
相互拜访,寒暄
包括你指出的段落,我都一一画线

所有的时间,都会躲开佛
一步一个脚印
读过的经书,却迂回着
拉住我

阳光下的尘

只有阳光和禅,才能使影子倾斜

身体坐正

走着时静止时,长长短短

阳光下,异常清晰

积攒多年后,佛轻弹法指

就一点点飘走

一念之间,和一念之间

替几滴雨迎接秋天

没办法置身秋外
落叶铺满门边,时常
有雨来试探,叮叮地敲门
敲窗

搬家的蚂蚁,队形被打乱
一些夏季的鸟,结队返回
我慢慢翻找,在一大堆照片里
找到最后的影子

确实,有几滴雨的秋天
无法设计,或者描绘
雨滴下来,就是它本来的样子

你习惯性地铺开纸

安静
的冷

用汽笛声,画出准备的秋天
用落叶装点

我脚步匆匆,无暇细看
得替几滴雨,迎接秋天

成为秋天的过客

被风打湿,以及淹没
成为秋来的注解
之前,在佛的点化下
以为可以随风飘走

所以,结局总是意外
匍匐在你的笔下,成为虚构的图案
秋来时慢慢站起,尽量把影子和记忆
放在原地
使眼神,躲过秋天

这个秋天,不同于以往
我熟悉的,已经不知去向
你站在秋的边缘
向我招手,想让我知道

让我知道,走进秋
才能,成为过客

月 亮

被昨晚的月亮惊到
澄蓝的夜空,静谧得心慌
近在咫尺,清晰地要掉下来

之前我设想在上面种草,牧马
或者邀你栽花,都很好
千万千万,不能成为荒凉之地

恰好,今天是节日
用南泥湾的精神,把月亮翻垦一次
征服月亮,然后继续被征服

如果可以,得学着李白,抄近路
倒一杯酒,把月亮邀下来
梳洗整理,把环形山铲平
和人们一起,庆祝

新闻时间

早晨开窗,拖住昨夜的凉
这是前几日雨留下的姿态
还好,没有变形

楼下报箱的声音,准时响起
像剪刀,剪掉昨日
每天都有复杂的新闻
(可与我又没什么关系,只是形式罢了)

报纸的头条是创业,或是昨天就知道的晋级
于是有意地放慢脚步,怕惊醒
流浪的几只猫
阳光也慢下来,这样
才有更多的时间,看过去的朝代

望不到边际的新闻,其实很少

被走路说话睡觉瓜分后，所剩无几
最后一点点，得留给文字
得让我的眼神，从岸上跳下
成为真实的，有规矩的人

干透的日子不能酿酒

终于,日子已经干透
一个个地,叠起来,打包
用云做包装,特别好认
尤其是白色的

打上年份标记,一个一个码好
酿造,在窖里密封
要是时间没到打开,必然酸涩
慢慢等,我们都不着急
由佛定时

某一时刻,钟响起
开启的时间就到了,左手太阳
右手月亮,看着我将日子搬出
等候品尝

小心翼翼,揭开坛

把陈年的日子倒出,肯定芬芳四溢

如佛所知,日子干透了,坚硬如铁

把醒酒器,击个粉碎

树上的鸟巢

卡在树杈上的旧巢,欲坠
很熟悉,有些仿佛来自儿时
对于终点的说法,也非常认同
来自家乡的鸟鸣,指错了方向

在干燥的清晨,还需要加点露水
来润滑树上的生活,可以
从北方的一只鸟,变成南方的一尾鱼

谁说不是呢,蓬松的羽毛
成为细密的鳞片,敲打着水波
长成水草的旧巢,曼舞轻盈
像时间一样,被拉长

鸟鸣清脆,巢开始泛黄
天空上,还是昨日的蓝
仿佛,光阴还很富余

台风过后

风过后,我也回来

搁置的日子,被阳光擦洗

雷声打磨之后,在树叶上

喝茶,打坐

佛抽出一支烟,递给我

檀味的烟,就缓慢飘扬

几句弥陀,把烟固定在双手

连起此岸彼岸

忽略了漂着的湛蓝

左明,右暗

用祝福砌墙

收到的祝福,加在一起
可以垒一面墙了,刻上名字
空时翻看

不会按照固定的顺序,看起来随意些
自由,如看不同的风景

只是,把某一个名字
刻在最下面,老到直不起腰时
也能看见

海西蒙古

最初,我来自远方
也是把行程,系在马鞍上

看着,就很温暖
在草原和雪原上,扑腾着成长
老时,听着蒙古曲,成为一束草

圆圆的蒙古包,一个一个
转过我,转过时间
在岔路口上,我走向陌生
学习一种僵硬的笑容

偶尔,就会融化
散落在草地上,陌生的孩童
打量着我,没有办法
还是,把我当成了过客

在草原

（献给席慕蓉老师、斯琴夫老师、朵日娜老师）

多年前启程，去另外一个地方
经过的地方，见过的风景
都穿梭成一片模糊，或者搁浅
一部分，藏在墨镜后面

异地里泥泞的心情，于是被草原
擦洗干净，我看见你眼里的蓝
在慢慢滴水，还是有一个点
安置广袤的漂泊

浸在草色里，捏几滴隔世的时光
扯点云，搭成帐篷
小心地走进去，抱紧骨头
千万千万，别散在草光里

陌生的风，代替草原敲门
检验我们肩上挑着的记忆

我们不会轻易开口,其实
心里,已经喜悦得
泪流满面

把草原翻过来,盛酒
比时间流得更快,来不及
尝试着衰老,草原
扑面而来

小心地,回到之前的勒勒车旁
做一个问路人,徘徊在北方
继续询问,我往哪里去

花草如从前茂盛,月色澄清
一直计划把草原翻过来,盛酒
我为这个想法激动了很久
"想想简单,哪有那么容易?"

盛满酒,是理想的生活方式
但敖包上的经幡,五颜六色
指着不同的方向,我转着圈
继续迷路

七 夕

成为一粒沙,游荡在
科尔沁草原的深处
泉河、植被和原始的天空
定时相会
(来不曾来,去不曾去)
也与一座桥,慢慢看齐

走向北方

顺着夏天北上,细雨乱舞

渐渐变硬的发音,铁轨一样

直直地,向着远方

试着把来自北方的声音收集

却无处伸手,想要声音的人

被声音囚住,难以脱身

把自己放进北方,慢慢融化

或许,得搬点什么离开

炊烟,湛蓝,还有犹豫的脚步

俗世中飞奔,却没有家乡的山

走得更远

也没有那些草,长得更高

气喘吁吁,被终点挡住去路

科尔沁草原的几棵树

一帧帧草,被风

杂乱地剪辑,黄了几次

要是晴天,我会想到退潮的海水

会看见一些树,身处绝境

就算阴天,也能看见树单薄的倒影

挂满了枯柴乡音和熟悉的呼唤

在风中蔓延

邀 月

"雨过后的天空,有一种蒙古蓝

亮晶晶的青草,闪耀在邻家的草滩………"

听过的歌曲,时间久了

就会模糊

包括之前,再之前的,开始的一段

我邀请你来,和我一起

把文字一个个忘记

以手语的形式,继续唱出

这是想念北方的简单方式

就是说

无论把哪一段遮挡起来

最后都在清晨,道声晚安

雨滴面前

要的一滴，却是倾盆
南方的雨，一直看不清楚

风简单地吹来，带着玉米疯长
我拂去脸上的雨迹，默默等待
等待北方的晴

时间充裕，从和你约定的时候起
我的白发都不敢生长，在雨的滋润下
勉强做个姿势，随风飞舞
把老去的年华，悄悄藏起

被时间追赶着，慢慢变凉
离终点又近了，屈指可数
只是
在雨滴面前，北方
愈发模糊

草原的雾

晨雾太凉了,含上一点
就会凉到心里,沁人
切成片叠起来,带到南方
桂花开时泡茶,邀佛细品

其实我也知道,草原的雾
只宜酿酒

最　后

用清醒,抵抗时间
在慢慢打开的阳光面前,有计划撤退

计划好的黎明,悄无声息
就是说,雨和雪,都已经来过
或者没有到来。时间嘀嗒着

在文字里面行走,如同活着
纷繁的程序,也无法简化
如果还有时间,在佛前慢慢讲述
不增不减,做传递的人

回 去

只想在路上,走得疲倦后

停在静谧的故乡,初秋时刻

回到先人逐鹿的草场

借着月光,打开经卷

用熟悉的声音,呼唤佛至

在初风的轻抚中,听见自由

由此,某一日的朗空

很长的云麓上,挂满佛带来的偈语

我其实想说

已经,等不及参悟

会随着白雪,纷纷落下

清晨的诵经声

今天开始
诵经的声音，起伏传来
月亮就被经声削薄，变弯
这是动态过程，可以用不规则的方式
计算出每一句经文的力度

声音的边缘，我们一直在走
那扇门，从来没有关起
我看见月光，慢慢飘进来
变薄，变淡，变成虚无

但是，一直没有读出完整的一句经文
或听清
有些风细心地翻开字典，哗哗作响
却是我，或者我们
散落的，匆匆光阴

老去的一天，经声也会如今晨清脆

月亮慢慢暗去,时间微乎其微

我们还是不读,只是倾听

你用右耳,我用左耳

在秋天跺脚

轻微地跺脚,桂花就飘了出来
过去的平静,躲在一片云下
屏住呼吸,打坐念佛
等着,一群羊慢慢走过

来晚的一个声音,把草地上的光线
慢慢卷起,我们不言不语
草地活着,天空一次次变老
我们的影子,浮在草上
躯体,瞬间风干

所有的暗示都极其突兀
桂花飘出,于是停下来
慢慢观看,看着一切
往复着开始,往复着结束

绿色的灰烬

根据你的要求,我把草原的词义
夹在书里,这样就不会忘记
周边的文字,也会沾染上草原的颜色
在清晨,会排队起身,来到诗里

我的声音一直很轻,在陌生的文字中
隐于无形,偶尔
北方的阳光夹着禅韵扫来,会有一点点
翠绿色的灰烬,慢慢飘起

点燃的起因,已经无从知晓
零零散散的文字,成为盛灰的簸箕
我试图从一粒火星里,找到分界线
以及,带着余温的呼吸

冥想时,简单的词义
会跳动着出走,短促的有涯的光阴
也挂在草枝上,闪闪发光

你躲在佛的背后,慢慢招手

此时,我还要这些文字和声音
有序地过来,慢慢燃起
烧掉,我渐行渐近的空虚

草原的炊烟

在我看来,北方的青草

都有炊烟的味道,家家户户各有不同

我在清晨,轻轻地拍打

炊烟飘起,看护着黎明

而且,有的青草皱纹已经很深

浸在炊烟里,与四季互换最后的地址

剥去城里的嘈杂,我还是故乡的过客

也许,我是最后看见炊烟凝结的路人

仿佛,没有来过

在你的提醒下,我找到一些熟悉的词语

可全都,挂着一点炊烟

找熟悉的晾衣绳,把你精选的几句,慢慢晾晒

其余的,被我紧紧抱在怀里,捂干

风一吹,结下的草籽敲击着旅途
我用嗅觉来测算故乡的浓度
你说,炊烟太浓,会打湿
双眼

秋天的声音

鸟鸣嵌在秋晨,有些粗糙
叠加的凉意,慢慢厚了起来
佛披着衣裳,只谈禅
不谈开始和结束

拧紧的时间,随着秋来
慢慢松开,习惯性地
看着落叶,被折成船的模样
飘走

我在预置的程序下,收集一些鸟鸣
排列好,用来描述禅理
在某些间隙,你轻微的咳嗽
打乱所有的排序

于是,在佛的面前
又一次,答非所问

在南宋御街打个盹儿

几声官话结束,朝代远去了
时间却不紧不慢,几棵梧桐树还在
或许是我打盹之后种下的
或许一直都在

旗帜飘扬,那是一个盛世
连叫卖声,都透出繁华
我置身事外,追着渐黄的树叶
匆匆行走,周围的一切,都会永生

直到,你拧亮黄昏
织起晚霞
我才停下来,牵着马
站在山坡上,望着夕阳

扇子轻摇,你安排着落叶
一片一片地落下
成为宋朝的雨,把我打湿
这一次,我才真的醒来

在秋天里泅渡

奔波在此岸,蜘蛛一样

珍惜的,八卦状的网

结成在彼岸,被佛看管

网上面,挂满误入的玄机

计划中的泅渡,遇到厚薄不一的虚空

浪大时,会被打得支离破碎

看来,蘸着秋色画一艘船

才是最好的办法,你喃喃自语

其实已经在河里了,佛轻声提醒

还以为在岸上慢走,寻找可以投宿的地方

画笔都被秋风浸湿,散去

偏袒的右肩,微微发凉

即晓,距离月亮越来越远

透过隐约的秋天,还是

能够看见,那张微微晃动的网

停在对岸

佛不辞辛苦，替我摘下
挂在网上的，长熟的经声

秋天就是一条河

只走上一段，其余的
还给秋天
这样会很轻松，完整的路程
是曲折的

在河边，看见绽开的桂花
长出浓郁微笑的梦想
是的，要是没有河水的声音
早已经忘了

途中，把风，小心地抱紧
不能使河水，泛起涟漪
冲破，佛安置的——
隐隐宁静

秋天该如何度过

甚至没有听见秋天说话
纷扬的桂花香，漫天飞舞
以往的秋天，我忘记了
如何度过

确实，我看见桂花开放时
表情有些惊讶
假设没有桂花，也是同样的问题
这秋天，该如何度过

瞬间后，想起北方的秋天
仿佛被击中，慢慢冷静下来
（差不多，已经忘了）
北方的秋天，过于湛蓝
我也忘记了，如何度过

总之,秋天来了

它才存在

否则,过去的那些时间

都忘记了

在桂花里看着秋天

距离结束，还有一段时间
秋天们也陆续登场，一个比一个凉了
凉得有些光滑。天阴得安详

天阴的时候，我们慢慢消化
桂花的香味。也用一杯茶
来消化宁静

也可以，用桂花拼一个名字
作为开场的解说词
可惜，秋天已经登场
不能回到那个开头

匀细的香，迷住我们的眼睛
是的，这是丹桂的主场
我们得慢慢后退，慢慢后退
退到边缘，一言不发

等候着，一幕的结束
此刻，我们的时间
才会清晰起来

在秋天的雨里醒来

还是躲不过，这些桂花和雨
或许能走出，走到
晴朗的天光下，迎接中秋以及月亮
做一个被远方叫醒的人

踩着脚印挪动，守着一点温润
在秋天晃着，我毫无知觉
迷失在桂香里，披着佛说的障
只有，等着木鱼声响起，才慢慢放下

可以长出一口气了
倒着是更远的站立方式
一层一层的花香，也都
会成为遗迹

或许，披了这么久，已经年久失修
没法放下，看着飘袅的香
随心日月，做一次真正地醒来
然后，一直睡去

写给开得正香的桂花

这几日,老写到桂花
仿佛被暖的微笑包围,融去喧嚣
以及,世俗的面沉似水

那么,得给桂花留个位置
试着,从一场秋雨的背后
找出佛龛,用来存放

在以后,佛龛上
笼罩着浓浓的睡意,与庙云
遥遥对视。可桂香和佛香
随时会被轻微的开门声,惊醒

这是我给桂花安排的归宿
其实不是这样,随着雨
会四散落下,成为泥
成为水面的蜉蝣

慢慢飞起

佛，其实去了远方

得随着桂花，有些变化
顺便，把秋天的声音调低
但是不能关上，防止
露水来的时候，听不见门铃

用飘飞的流苏系住
之前的记忆与黄黄的颜色相互印证
可是，有风有雨，这些变化
还有谁，会注意呢

变化太快，的确来不及
积攒一个独立的故事，留在现场
一个个片段随着红尘，飞舞坠落
一些，却急速地融化

由此，习惯于慢慢梳理
梳理这个秋天，也许
按照某个节奏变化，呼吸

才是你熟悉的秋天

其实，很多迹象表明
从一入秋，佛就去了远方
留下，空空的庙堂，和
在俗世间，忙碌的我们

中　秋

中秋快乐
今晚要是有月亮，也是秦朝的
很幸运，我们和古人
看过同一个月亮，简单柔和
后世的后世，也是
同一个月亮

这很庄严
月亮还在，只是
我们的周围，变化太快
一眨眼，我们就倒在地上成为背影

所有的变化都提前降临
每个人的故乡，都在失去，走远
月亮还在，看着我们到处寻找
寻找拜月的地方，然后
慢慢地，成为陌生人

那么,中秋就是符号

这是没有秩序的世界里

少有的秩序,你学着古人

举杯邀月,然后问我

月亮在哪

剩余的一点月光

把树叶叫醒，一起查看
剩余的月光，在昨晚葱茏青翠之后
与汉字揉在一起，拼出
"明月几时有"

今晨阴，被月亮又一次跨过
已经习惯，但还是影响了行进的速度
某一刻，我们距离月光很近
可以轻轻摸到，清凉细腻
这样就会耽搁很久

的确，时间有些长了
我们和月亮，没有任何秘密
它的周围，有另一重的黑暗
我常常侧身走过，消失在黑暗里

毫无知觉

秋雨里继续行走

挂着雨声行走,远方模糊

感到不一样的凉

过路的月亮,已经隐去

留下雨,慢慢盛开

从夜晚,滴响到清晨

就连河日常的低语,也被淹没

连绵的水,曾被我们细心地照料着

想着有一天,能溯流而上

走到河的起源,就是雨的尽头

汇着我们一路的脚印,入海

看着我们,在某一时刻

欣喜地醒来

醒来的我们,可能已经过河

回过头去,打量着雨声

和修行,有序地布满在来路

佛一直入定,端坐在旋涡

如此
诸般劳苦,散落在雨里
我,习惯于一种声音
慢慢走,慢慢看

鸿 雁

被雨浸湿的声音,隔着远山

和坝上草原。茂盛的芦苇,开在你手心

在远处,数着一个一个的芦苇上的太阳

升起落下

居然,数不清楚

我假装走过南方,跳跃的风和鸟鸣是真实的

你挥舞着双手,开始频频地更换场景

要我,在舞台上选择一个角色

按照遗传密码的指引,我选择修行的雁

途中,秋天慢慢闪开

空旷的田野边,一次次停下

短暂的修行,收集一点点异地的月光

慢慢揉起,做纯正的加持

在空中,地面为庙

河水缓缓流过,载着天的倒影

你用茂盛的芦苇,点燃佛前的七盏灯
照亮路上,被雨浸湿的一切
包括声音

等另一个你,即将飞回

秋蝉如酒

照耀下的蝉声,缓慢倾斜
一点点地老去,我用酒杯盛起
这是秋天最后的声音,得慢慢地
一小口一小口,饮下

满脸通红,这是秋天的度数
没想过用蝉声下酒,只想到
暖暖的秋色,慢慢地
穿过我,穿过我渐浅的头发

秋浓时,会天旋地转
有序的阳光或桂香,都会变得凌乱
在稀疏的月光下,看见酒杯
闪闪发亮

你筛选的节日祝福,及时送到
用一杯酒来传递,脚步晃悠
确实已经收到,只是,蝉声还在
得问自己,是不是? 还
继续喝下

和秋天对视

坐在椅子上,和秋天对视
每一片落叶,都把真实削薄
这是无法避免的,佛对你说
我只是笑笑,目光很轻

也只是秋天,才能听懂佛说的话
恰好你在,也能翻译
而且凑巧,还能注意到佛的转身
最后一场台风过去,秋天也安静下来

随后,你拿起一粒成熟的种子
讲述一个相逢
风就躺在我的椅子下,静止不动
我的眼神在秋天,往来穿梭
挖掘一点点有意思的、秋天的余光

和秋天对视后,就不再固执了
也是,秋天,早就占领了我

关于秋天的诗

每年秋天,都会把几行字空着
用来描写最后的结局
多余的一些字眼从落叶的间隙中,漏出沉下
砸在脚踝后,入土

完全不了解,结局的句式
直到现在,还有很多空着
没法下笔,组合
我知道,不清楚的路程很多

也许,和落霞禅音一道
把文字当作秋尽的结局
可颜色深浅不一,没有完全熟透,晒干变老
露珠凝结在上面,等着你来,阅读翻晒

晨曦微动,我开始继续描写秋天

你研好的墨,透着绿色
我细心地寻找,秋天的空
一笔一画,一笔一画

仿佛,可以写出结局

草原的秋天

天高，很淡，云在散步
这是少有的、静谧的白
我用相机卷起一角
留下一点点痕迹，记录温度

老屋上面，挂满相似的云
转过几次敖包后，把心放下
一下子，就能听到很多人在说话
听着耳熟的母语，我茫然无措

草地上的影子，从来没有能逃过时间
在风大的秋天，颤颤巍巍
却没能走远，成为语言的栖息地
我停在北方，不知该说些什么

如此慢的节奏，我能听懂的
屈指可数，我摇头而去
只能做一个，被母语惊醒的人

禅边秋天

看见佛走过来，又走过去
我点头示意，把俗愿，藏进怀里

雨点，滴答落下，滴答落下
一豆一豆的香火，随雨，升腾熄灭

我渐渐开始木讷
荒芜的蒲团上，慢慢发掘结出的果

日久，高低不平的沟壑，慢慢多起
合十以后，厚厚的躯体，想落荒而逃

其实还有一条路，不必匆忙
也有佛，来来往往

所以，果上的杂质
不固执地清洗

后来，用安静的步伐
走进，然后走出

慢慢凉起

雨停后，秋天就慢慢凉起
鸟鸣也有些寒意
于是，用衣服来修正温度

秋天的佛
打着喷嚏，一路水光
一路落叶

成为俗人后，虔诚很少
随时走，随时停
佛叹息着招手，我一无所知

路程上的背影，被一次次刷新
你送来的秋，带着雨停的雾色
光来，会有短虹，会有法喜

不能转过头，否则，
很多东西会不知去向
只看见，秋，慢慢凉起

雨　珠

停在草尖上，鸟瞰
圆形的视角里，周围被放大
这样，之前的雨，都带着禅意
以及不能推的任务

季节冒雨赶路，堵塞了路途
我们都是其中的一滴
进不能进，退不能退
偶遇佛，请来疏导

雁径直飞过，一点点影子
被留下，与草一起变黄
我一个一个地收集，排成一排
等着天晴

秋的余晖渐渐变少，佛低头不语
用长长的指甲，将排好的雨珠
按照生死涅槃
一个一个地，串起

秋天的雨和佛

佛带着秋从容微笑
尘间浸在雨中，庙灿然若伞
遮住庄严和佛号

越过庙墙，是很多不明的暗示
一点空涌起，只好
与几缕香依偎着，避雨

忙碌的日子与佛相遇，彼此
步履匆匆，我在墙外，佛在墙里
每一句经文，都有淋漓的水汽

这也没有关系，走过的每一步
都被佛宽宏地收藏，并盖上印记
等着，有一天拿回

管道上细雨斜飞,马蹄疾驰

从我的前世里,匆匆掠过

安静的时候开始问佛,到底

哪一个,是我

雨停后

雨停了半个晚上,之后
目光越过秋的栅栏
张望,水变薄禅门变浅
用左眼打捞着秋色右眼翻晒

莲和鸟鸣,还在站立
目光轻扫,微微晃动
秋声悦耳,即来开门的佛
满面春风

融入春光佛境,慈祥如昔
才一下子恍然大悟
一花一世界,禅意安静
轮回温暖

开门声还没有凝固
秋也没有停泊
轻轻转身,这一次
不是叹着气,离开

两个秋天

一点残片浮在手上，左右破碎
是我的前日和明天
经常来不及细看，就随手丢下
仿佛这个秋天，又薄又轻

一盏茶的时间过后，你来劝我
放下，才能接近微寐的佛
桂花又继续开起，还幻想着同一时刻里
经历两个秋天

佛说的禅语，在梦中
一直陌生，虽是桂花飘起
简单的寓意，还是覆盖着莫名的空
于是看见佛醒在远处，挥手

按照天气，一些秋天渗入了秋天
一半睡着，一半醒着
秋天开始上岸，之前的秋天

安
静
的
冷

一直浸在水里

两个秋天很好
一个在左，一个在右
一个清醒，一个沉睡

凌晨的光

停在早霞里,晴摘下花香
再一笔一笔,添加暮和秋的颜色
成为一天后,剖开

摊在云下,用月光
晒干,晒成标本
和另一种寂静

习惯性地举杯,随着酒
把寂静也吞下,在心底渐渐融化
不去打捞

秋风又开始吹起
我能看见,你囤积的涟漪
如菩提,入无限之门

继续捻一点秋光,进行怀念
我们成为被折射的影子

慢慢飘起，把你的愿望灼伤

光可能会熄灭，可我们
还是
快乐地走着

秋天想到出发的地方

黏稠的秋天,被风吹散
清晨虚静透明
空气里的桂香异常敏感
随时,扑面而来

很熟悉,二十多年来
就是这么走过的每个时段
包括秋天
但对某个时刻的坐标一无所知

穿着土旧衣服的祖先,常来串门
学着在霓虹满满的街道,迷路
绕来绕去,可还是回到
出发的地方,老去

秋气尽浓,在清晨停下来
慢慢修伞,说不定
还会经历,再一个雨天

说一下时间

不能把时间拒之门外，只能
做小心的遮掩，仿佛时间会慢下来
我把走过的脚印一个个摞起，仿佛壮观
被时间轻微地咳嗽一下，瞬间震塌

日夜往复
以为秋天过去，时间还在
也以为一直有无限的时间
根据佛的意思，这仿佛对的
可时间，却是愈来愈少了

远方很远，很多人说过
而佛说，只是一刹那的距离
一刹那，或许得需要几世
比很远还远，还长

不敢说自己步履匆匆，只能说自己
在慢慢挪动。偶尔的秋天里

也会举步不前,坐下来
用即来的草长莺飞,拦一道坝
仿佛挡住时间

与秋天相遇下去

怎样与秋天相遇,才不算错过
如在月光里,寻找月光
看来不能定义
佛面对此类问题,又是摊开双手
摇头

从而在一个模糊的秋天,原有的收藏
被晴朗击碎,又被阴雨拢起
偶尔点燃的佛香,也会打乱秋天的秩序
这些我也毫无防备

长了苔藓的天空,盖在庙宇上
要是风大,还可以截留一些
否则,只能低着头
捂住一泓秋水

漫步在庙檐下,洗脸
洗着秋天,乌红的庙门上

溅满水珠,熠熠发光
我想,该迷路了

该迷路了
否则,又会不经意地
错过

秋天或许会暗下来

一到秋天，佛的脚步有些散漫

湖边的地上，溅满落叶

不再和飞鸟，争夺树枝

所以，秋天不咸不淡，适合慢品

从翠绿走向边缘，山开始后退

和落下的叶子一起

退到模糊，直至消失

除了佛，谁也喊不出名字，测出距离

还有桂花，散在清晨里

意味深长

要是能拾来酿酒，就会使模糊

更加模糊，某一刻

认真地醉一次

被秋天搀扶，假装老去

看见你伸出双手，捧着秋天

送给佛
只有佛，才会抹掉诸多痕迹

如此
秋天或许会暗下来

天的蓝

广袤的天,绽放了一段时间
从色盲变成色弱,眼神逐渐弯曲
弯曲成河水,或者风声
映出彻底的蓝

从河底浮出的,一点旋涡和气泡
就是你寄存的,旧日天空的一角
安静的时刻,逃离我陈年的库房
在河面,学着潮起,潮落

眼花的时候,也会找到一片云
慢慢过滤,滤掉天空的白
之后,把冰凉的蓝
慢慢焐暖

这样,蓝就停在某处
等我的视力,慢慢恢复
可以
随着佛,渡过这片海

落叶以及禅

落叶将讯息泄露得一干二净
水面拨开,露出深层的秋
披着开光的袈裟,此时已经
被天空,收为弟子

从一边,慢慢上岸
每一片落叶,都是秋写好的偈语
禅机低缓回旋,对于我
或许是阴雨后,短短的一支烟

内敛之后的落叶,点缀浩瀚的经文
与土地无限接近,接近
那些佛行走在无边无际里,慈悲法喜
而微醺的我,数着佛的步子,一步一杯

一步一杯,不等佛安排

就已计算好全部的往来
尤其是可以遮挡
我不均匀的、呼佛的口音
也不会忽略掉，叶的涅槃

体会国学

佛家走的路，道家也走
我有时飞奔，有时缓步
这都不算
有时还看见儒家的圣人，一步三摇

于是
路上的路，被一次次路过
山的一边，可能是佛在行走
山的那边，或许是别人
老子说大象无形，所以我什么也没有看见

把经文都混合起来，涂在墙上
这是最完美的组合，安静的时候
震得耳朵发麻，你说
那是火锅里花椒的味道

看　来

只能在高高的山上，背着双手
与先生对视
抑扬顿挫的几句教诲，变成山上
呼呼的风声

至此
走路的方式，已经混淆
好多智慧，被我嚼成了花椒
好在耳朵清醒，听见李白在邀：
同销万古愁吧

净　土

走在净土上，肯定不会留下脚印
但是会留下影子，印在地上
故此我走过时，看见了很多影子
恍恍惚惚，像是已经融化

有些还是清晰的，我如履薄冰
一点一点透视，和过去的符号对起来
拼凑出完整的情节，以及过程
最重要的，拼出随着夕阳西下的一瞬

如今晨，有霾，或有旧的咳嗽
肯定找不到下脚的地方，只能在净土的边缘
转圈，转圈
要不是被佛身的法香熏绕，会一直转到天黑

别样世界里，工蜂是雄的还是雌的

无关紧要

只要有点宁静,才会敲开净土的门

要有节奏,最好六下,就如:

南无阿弥陀佛

即 远

桂花香渐渐没了,秋天即远
佛额外的一点眷顾,被当作篱笆
置于途中,挡住纷纷的凉意
在佛前忐忑不安的寒,却是近了
趁着还有微末秋色,走在路上

顺便挽扶着缓缓的水
听梵音航行。过桥时
佛或许没有留门,只能轻敲桥柱
微弱的响声,被清晨的鸟鸣一下子认出
我长出一口气

在此之前的一刹,以为是回到原地
拐过的弯,也是熟悉
周围的一切,有的向前
有的向后
看来只能悄悄地问大智慧的佛
秋天即远,向前还是向后?

其实问了也是白问,佛从来都是洞悉一切

却缄口不言,这是智慧

既然如此,自己的答案,就是佛的答案

走 路

时间泊在一处,风里的人
都在走,后面的几片叶子
倾斜着,被落下
击中,佛拈花的那只手

几声法器的召唤下,慢慢落地
并根据次序,一一坐好
听经,看着路上的人
还是路上的人

恰逢我也在路上,排着队
移动,在路口
人很多
由信号灯,进行分流

听经后的落叶再悬挂起来,晒干
串好,挂在脖子上
和我一起走路,虔诚和小心翼翼

不是担心佛

只是担心
被你的声音，绊倒

秋冬之界

一夜风，树枝还没有静下
秋结束的江南，渐渐冷了

日子也被吹冷，吹干
只能慢慢浸泡，晒干
才能改变原来的样子
当然，出场次序不能乱
不能越过秋的边界，否则，脚步不稳
一下子就晃进了冬，成为北方冬天的冰溜
滴答着，看笳声遥远
和挂叶子的谱线一起
守着屋檐，打发时光

说到北方，冷一下子清晰了
呵着手，小跑在路上
脚下的雪，被踩得
哈哈大笑

秋冬之雨

说到北方,仿佛有驼铃响起

日子也得晾晒,要慢慢翻检

一个个整理好,当然,出场次序也不能乱

不能越过秋的边界,否则,脚步不稳

一下子就晃进了冬,成为北方冬天的冰溜

滴答着,看笳声遥远

和一条挂满丝的弧线一起

守着路,打发时光

秋天和牧马

夜晚的秋和白天的秋交接之后
风好像大了起来,鸟叫声少了
鼠标刷新的秋天,布满灰尘
看来,只能用炊烟来擦洗,还原

对此已经不抱奢望
从路上走过来走过去的秋天
首尾相连,其实都与我无关
我喜欢一个非手工的栅栏

这样,我就可以继续牧马
把一些笑声盖上辽阔
或者,和马一起飞奔
自己放牧自己

又是佛,止住了我
在说秋天,怎么又回到牧马
我也再一次,迷惑起来

赶路的雨

秋雨滴落,像宝剑一样
就归匣了
佛要求不能妄动,于是
我打起了伞,圈起一块晴地
安上几颗星星,就说这是夜空

过往用默不作声,表明态度
没有谁去分辨天空的真假
靠近边缘,把雨拢住一点

起伏的脚步,飘在水面
满地的风,也在寻找落脚点
稀疏的一点绿地,坍塌得支离破碎
还好,佛也在用力
拧干自己的法衣

秋雨不太像宝剑,倒是像赶路的异乡人
看起来很急,落下

瞬间就不见了,渗入泥土
这也是我们的结果,以至于
佛和很多人说起的,春华秋实
我老是听成,春花秋逝

扔掉秘密

佛透露了秘密,却是不可说
玄之又玄的天机,变成石头
压得我透不过气来,幸福得有些闷
只能,把一点光捂在手中

既然这样,还得把有些东西忘掉
比如文字、脚印,以及背影
稍微破烂的脾气扯下来,用来擦手
能甩的都甩掉,为禅腾出地方

看见佛的眼神,无话可说
不能埋怨佛,佛一直是无辜的
我按照节奏,闭上眼
用手势来和佛交流,把一些秘密还回去
成为俗世里的普通人

于是出门右转，背着光

领着肉身，踩着放下因何究竟的影子

慢悠悠走回，继续

观佛看法

十一月一日的雨天里，读经

一直很犹豫，直到天色大亮
才敢放手去敲，一短二长
大把的雨为我助力
敲响佛门，佛微微欠身
招呼我进门，坐下

在清晨，佛的坐姿是僵硬的
法会的椅子充满玄机
一直晃动着我，我看着菩萨的净瓶
波光浩渺

一句佛语，领着我们下水
渡河
我能从真言里，听出一点另外的味道
而且，所有的经文都标满注释

佛风飘过，我的手随着起伏
外面，是雨声奇特的回响

一次次,叫醒我,微睡的俗身

十一月一日,雨天
适合读经

江水打着旋

雨滴咀嚼着树叶，很脆
江水宽，宽过一片落叶
这是昨天，我看见的江水
蘸着一点今晨的潮气，把江水
一页一页翻开

要是运气好，还能看见范钦的注释
海定则波宁，包括江
以及，穿过桥的每一片江水
都寓意深远，打着旋的江水
偿还之前的，书卷的缺失

眼神被风掀起，只能
从俗世中走回，继续看江水
划出巨大的空，隔着一层水波
匍匐而来，匍匐而去

这是昨天，祈盼的收获

我在台上,领奖鞠躬

看见耀眼的灯光

灌满,打着旋的江水

得用桶,把这些江水装起

你一杯,我一杯

在秋季的末尾

旧了老了的秋天深处

还能看见新开的花

郁郁葱葱。所以你还在坚持

很认真地告诉我

春天没有走远,还可以赶上一个花季

真的么,我还是有所怀疑

找不到答案的时候,只能问佛

在佛的面前,又不用开口

一切皆是虚妄,两千五百年了

少有人问起季节,秋天夏天都是多余的

问起的人,都成为藕,在合适的时候

开出莲花

要是在北方,这更加不是一个问题

草原上,阳光是绿色的

我们都用遥远的白色回声,来计算路程

也是,城市里的秋天
有时难以看见,人造的天气
混淆了方向,四四方方的斑马线像极了
长短不一的栅栏
稍不留意,我们就被困在当中

任凭车流汹涌而过
进不能进,退不能退

清晨的飞

仔细观察过清晨的飞鸟
只有在停下的时候,才会叽叽喳喳
飞行时声音很轻,很少
由此推断,飞行时也可以修行

一个幸福的清晨,肯定少不了鸟鸣,和阳光
按照佛的安排,我们替很多人活着
比如一片叶落下,我都以为
会开出一朵花,或者会渐渐发芽

也会有如今晨的阴天,其实一样
一杯早茶里,看到起起伏伏
时间的浸泡下,总会沉入杯底
幸运的是,我看见佛
指挥鸟的飞行,故此推断
这可能是佛在座前,放生的几片羽毛

我伸出窗外的头,开始清澈

不应住色生心,不应住
声香味触法生心,反之也会飞翔在空中
由极乐到娑婆,供佛点化

然后,我看见你跃过清晨的栅栏
沿着佛的法迹飞奔
天空又矮又瘦,虽然时不时
会碰到脆弱的翅膀,幸福的是
肉身轻盈

外面的秋天

生在北方,总看见南方的秋
来来去去,在心里把北方
一次次擦拭,因为距离
越来越不清晰,只留下,天蓝和雪白

眼皮在秋天垂下,等着佛来掀开
就可遇见,北方的澄明世界
手心里,炊烟缭绕
杳杳的,几声叮嘱
砸在脚上,隐隐作痛

佛适时微笑,看着
我把多余的光阴,慢慢涂抹
涂成老屋里,微弱的灯光
置心一处,看着屋外
苍翠的雪光

天亮时,佛熄掉一盏灯

我落在北方的目光，也被佛
——找回
所以我能看见，外面的秋天

故乡的棱角，被雪磨得光滑
停留在南方，被佛突然唤醒
用最快的速度，打马如飞

安
静
的
冷

北方的雪和南方的雨

最后这场雨，收割了秋天
在路上，大雁沉稳地飞
甩掉一路追来的冬

和往年一样白的雪，在北方落下
把没有走尽的秋，挡在外面
陈年的鞭炮屑，越发显眼

在同一时间
季节错位之后，我们就混乱了地址
寄出的声音，会被错误地传送
我们，也会被错误地退回

佛，拨亮路上的灯，照亮打坐的时间
好让我们看清，一个接着一个的路程

并借着雪后和雨后的微凉，慢慢修行

轻轻点头，北方的雪和南方的雨
都需要伞，一把就够了
遮挡住，可能被淋湿的
经声，以及乡音

今日立冬

很快,在温度的争夺中
分出了输赢,一个起点,一个终点
众生,在时间的站台里
上上下下,被目的地吸引

将过去的秋天用雨水抛光
拿起来做挂件,不同的颜色,交错开来
高高低低,在飞来的冬天里
挂起,挡住自己

佛捎来的冬气,被一层层剥开
看见淡色的核,清凉透明
我们在站台上,捻着几张蓝色的车票
默不作声

确实看见你站在对面,与目的地
相背而行,佛检过的票,准确无误
只是你,拒绝人潮
固执地从冬天,走回秋天

立冬第二天想到点过去

缓缓念出的经音,飘在初冬
呵出的白气,与佛香缭绕在一起
心不外驰,之后
掀开微妙的法门,开始衰老
这是立冬第二天

行走在途中的佛,敲击着早起的光
一板一眼,所有的,路边的树
伸直胳膊,与佛——击掌
使叶子——落下,有的
落在我摇晃的脚印边,双手合十

雪花,已经在慢慢走来
从我遥远的蒙古老家出发,一步一步
我得仔细数着,不能少了一步
佛盘腿入定,必须在雪到的时刻出定
才不会错过点化过冬天

即便如此,在路上
很多情况不可预期,比如风
比如偶然的声响,都会使过程出现偏差
但万能的佛,都会——校正

直到,你的影子出现

从龙井路到灵隐找佛签名

龙井路边的枫叶红了
走过去看的时候,地上的一些
已经被扫走,还有
零星的,在飘,成为另一片
摇摆的影子

再向前,拐弯
就可以看见灵隐,看见山坡上矮矮的茶树
我也看见佛溜出大殿,在茶树边
晒着太阳,我飞快地拿出笔
想让佛签名,包括写上励志的话

为了这句话,我思考了很久
你走过来,我根本没有察觉
每一句话,都不满意
比如正因正果、清净圆融等等
太多了

于是只能求佛，先问候一下
阿弥陀佛
佛顺手签下这四个字，确实
除了这四个字，真的没有更好的啦
难道我想的，就是佛要签的

叶子很多，开春会长出嫩芽
千万片枫叶此时覆盖了大地
阿弥陀佛后，被扫走
此生，已经没有什么可能

就这样，我从龙井路上走过
你看着我获得的签名，无限欣喜
是的，佛的签名的确比较清晰

清晨时候忆佛

善良的誓愿,源于忆佛
在一些开示的语论中,解释清楚
我仰望着,清晨掀开
上一夜的禅意,欣荣法喜

这是很旧的比喻,我在诗歌里
用了好多年,故此
清晨里确是有熟悉的温暖
一点点掬起叹息,回忆
就像忆佛,以及缘起

其实,与佛晤面的地点
一直没变,只是我们习惯于
在最低处,眺望佛来的远方
在最高处,自己就是佛

不知不觉
然后我们像水一样,开始

安
静
的
冷

退潮,比时间还轻
只能浮在水面,尽量
做出坦然的姿势,飘走
途中,会和一些前朝的水滴相遇
互相打量

走进冬天

有了连绵的雨,昨天和今天
没什么两样
常常希望,这些多余的雨
在一瞬间,成为界河

在老家
取暖用的火盆,被取了下来
点燃
我深知,在一瞬间
升起的温度会改变一切
包括,僵硬的文字

在南方
没有走完的秋天,愈加憔悴
佛轻轻出手,把温度拉直
北方矮矮的篱笆墙上,落满冬鸟
叽喳着,讨论佛的禅行

安
静
的
冷

清晨的我,一路慢跑

从秋天,跑进冬天

在这一刻,我得适当变换跑动姿势

或者蒙上脸,躲过

旁观者,挂满补丁的眼神

这个冬天得下雪

在初冬挖一个坑,把秋天的种子
一颗一颗地埋进,顺便
把我关于北方的一点记忆,也埋进去
踩实
到了冬天,再覆上一层雪

要是我看见你坐在雪地上,同佛谈心
我不会惊动你,尽管你和佛的身下
都是我的记忆
这也不怪佛,这个地方无人所知
只有我,偷偷做了记号

要是我想让你知道,我就竖一个牌子
上面写满我过去的诗句,只是
删掉了关于你,关于过去的那几行
用佛的慈悲来代替,于是
你定会恍然

当然,这个冬天得下雪
然后佛也有空,外面
雨还在下着,虽说是冬天了
其实,有雪的冬天
还有很远

阳光下的影子

等一下，用一抹阳光擦脸
这样，见佛的一刹那
即可五蕴晶莹，可达悟境
圆满的事态，都带着一些温暖的阳光
包括我身后的影子

微笑的影子，在阳光的另一面
跟着我，走了好多年
迎着阳光前行，影子扶住我
帮我收集途中遗漏的佛号
如此，我能够以完整的身份
修正

穿行于夜晚，有时会借助灯光
有时，我们隐在黑暗里
慢慢寻找，寻找一扇温暖的门
轻轻叩开，获得
见佛的惊喜

不需要介绍,灯光和阳光

也不重要,只要

有点回眸的空闲,就能

看见影子,囊括了一路上滴答的佛意

光线太多以后,影子很重很杂

于是,我劝你关掉一些灯

一切会更清晰起来

雨过后等着冬天

刚从喧嚣的雨滴里走出
又慢慢走回,把阳光扯掉
持续的雨,从夜里开始
佛安排几位僧人,陪我一起
数着雨滴

每一滴,都编上号
印上偈语
待到干旱时拿出来,一滴一滴读过去
这事关几个季节的修行
得耐心

做好以后,我们就开始过冬
北方的草原,长出蓝天
熟悉的牧歌,也会划出一道弧线
钓着清晨里,红红的太阳

太安详了,大家围坐起来

在当中，留个位置
忘记南方的冬雨
只是不能确定，佛会不会来

清晨走过大运河

连续几天,从运河边走过
甚至,逆着河水
和一艘船走了很长的距离,至此
我看见隋朝以后的河水,都浮着笑意

枝条上弹落的水滴,被佛捡走
晒干后,泡成一杯禅茶
飘起的茶汽,是凝固的河水
笼罩着时间,慢慢散去

日子都向下沉去,沉在河底
勾兑成一杯陈年的酒
倒进鱼的脚印里,请佛共饮
忘掉戒律清规和年久的河栏

天空的裂隙,长满了爬山虎
映在河面上,新鲜无比
不等佛来关照

就很容易地忘记前因,以及来意

来和不来
河水是一个,无法找出
原有的不同,在和不在
也都是一样
佛挥着手,引水东流

雨 天

雨大大小小,天气变得陌生
河边的树有好几种,排着队变色
落下后浸满雨水,亮晶晶的
在扫地人的眼里,这些,都是季节的垃圾

我的步伐,始终终结于某一刻
看黄叶飞落,敲响一串念珠
经常会停下,从此岸看着彼岸
河的上空有无数的影子,来往穿梭

佛念叨的前世,却是某人的今生
在雨天特别容易混淆,以至于
我借着雨声,轻轻发问
仿佛我是局外人,或者是看客

也可能,天晴之后
一切都会被还原,我看见你
走在自己的坐标里,一步一个脚印

河边的这些树,干爽地笑出声来

我开始想到,没有谁能指引着路途
估计佛也不能,因为
每到雨天,佛都会打着伞
等着雨,进入晚年

雨 雾

连续几天，雨成为常客
把雨雾围起来锻造，放入模具
晒干，成为六棱的雪
这样，我就可以在一杯水中
分辨出禅的味道

于我来说，亦是新酿的酒
仔细品，也会拉出长长的雨须
缠绕着，滴答的台阶，用来防滑
多好，可以多踏一步
多走一秒钟

要是用一种偶然，多走一秒
就会看见，我和我相遇
佛会走过来帮我们介绍，互致问候
我们，相背而行
一个我走向起点，一个我走向终点

其中，肉身的我，有些笨重
浸在雨雾里，才有些轻松
或许，此时的雨雾
即是，彼时的终点

一杯茶

听见时辰里,约好的脚步声
天还没有亮起
能够看见,路灯熄灭后
模糊的清晨,雨水还在沸腾

把水烧开,是一个缘起
看见水把茶叶,捧在手里
浮起后沉下
杯底,是理想的归宿
我看得清清楚楚,可茶叶并不知情

而我,也在时间的水里
起伏不定
我还想在水面上,看看佛说起的
大千世界,还有更多的俗世的劫
可总是,有风吹过

一阵一阵,我慢慢下沉

看见葱翠聚集的草原，看见忘记许久的祖先
好多词语，写作时不去使用
留下来，描绘我沉下去的远方

宁愿相信水是凝固的，会让我停在某处
风一阵阵吹过，我纹丝不动
只是，路过我的时间
都悲悯地叹起气来

雨中想起北方

说道中观,外面雨声再次响起
我写过的诗句,在这样的季节
开始感冒,佛的面前
一些句子,是虚构的
我拉紧佛,来客串一些句子

或者,一只绿色的盆景面前
我用仅有的文字,喋喋不休
佛捂紧耳朵,仿佛听得津津有味
直到看见我双手合十,做结束的仪式
佛才松手

遥远的北方静默着,听我说话
在异乡,被几句话绊倒
凸凹的文字,是传下来的图腾
汉族的佛,开始迷惑

当然,雪地羊群

还是拖住我行进的步伐

雨汽淋漓的南方,我看见

北方,寒气迫人的一瞬

忘记中观,欣然自喜

不用文字就能开悟

这才是熟悉的,故乡

小雪节气

落叶淡去,远离辗转不去的秋和雨
小雪时节,学着温酒

身后的一些雨滴,手拉着手
排队谢幕,时间很短,一瞬

在雨的背后,双手合十
没有梵音引领,佛也会迷路

只是庄严在慢慢褪去,计划在雪天等着
等着佛在瞬间还一次俗,才能够
把晨,一饮而尽

如果雨停了

在雨天,总有些麻木
读不懂密集的雨声
据说明天就有一些我少年时的风,准确地
吹走三个季节积攒的雨和雾

要是在北方,风起的时候
所有的枝条开始清晰
我会从风里上岸,看着雪
从纷纷,走向平静

只是,南方的雨很难控制
我可以听一首怀旧的歌,用雨来佐酒
而北方,空空的佛语
散在雪地,不能收捡

多年以来,有雨和没雨
都会寻找剩余的经文
尽管,麻木的雨天有麻木的磬声

稍微等等，都会澄明

如果你在，我就把雨声关在门外
最好上锁，这样
以天气为借口，无法走出
开始喝酒，谈经

按照我的想法，在雨天里
敲打的船舷
就好像，在雪地里，轻叩着马鞍
地点不同，我还是我

就把雨和雪，当成一种幕布吧
如果停了，都可以
看见，蓝蓝的天空
只是，不会说出，有什么不同

安静的冷

（一）

落叶在人行道上，平仄得

有些犹豫，风，会打乱

运河的水，把门关上

默写着一段一段的安静

抄牌的寒风，这个时刻就会慢慢起身

将我们不规则的脚印，一个个录入

贮存好，等着我随时查询

只是，寒意盛，没法走得太快

太多

黎明穿过我的眼睛，被过滤

成为佛要的白色，剩余的

把晨间的钟声染清，洗净

做佛前的供品，然后佛掐指一算

卦象中的果与清晨一一对应

慢慢涌出的静谧，带着冷
就飘在我呵出的白气里，四散
佛也裹紧法衣，向我点头
我赶紧开始学着收集，以免
错过

（二）

之前的日子，也在原地转圈
遇到冷气，更无法返回
我在清晨打个颤抖，用草原的心情
接纳冷，还有清理出来的，寂静

到今日，杯中的热茶
冒出袅色的烟，和佛前那些混在一起
一点寒来了，温度正好
集聚点白色的温暖，进行背书

据说北方下起了雪，南方的雨断断续续
总之，冬天在的
看见的终点，在消磨掉渐短的时间
会有，安静的冷

时辰到了

决定沿着上面的经声走动，下面的
盖住清冷的安静，假装
没有脚印
背着手，离开南方

多出的一点冬天

清晨醒了,被我扶起
用几声咳嗽,牵回肉身
这时,有一点声响
从我的眼睛里掠过
太快,根本看不清

一定源于偶然,因为太早
佛还在睡着,而我
只是在醒来的一瞬,陷入疑惑
惊动眼睛的,一定是我省下的
一点点冬天,也许是去年
也许是前年,或是前世

甚至,被你整理过
我都没有察觉
在庞大的冬天里,它们都可以忽略
唯有在睁眼的一刹
会哗的一下,一闪而过

某一季,把清晨拉长
织一个网,沿着冬天来的方向
试着,捞起网住
我得小心翼翼,否则
又得,等一个冬天

古为今用

远离水车的古井，如今
成了一本线装书，从里面
渗出的文字，还是甘甜
也还有悠扬的韵脚，就像几百年前

冷热的日子，交替着
拍打井口，围墙上的青草
也是黄了绿，绿了黄
好多人，来了又走，又来

捧着被秋霜夏雨腌制的落叶
静静看着，把它当成深深的酒瓮
等着小镇之外的，熟悉的脚步声
然后，醉倒

山　路

把山里的风，引来
要找的路，一直在这里
吹干前几朝的衣服，甚至
可以吹干上元时节的灯笼

跳跃的风捎来口信
在太阳下山之后，只能慢慢行走
否则，会惊醒之前的日子
我们必须得交出口袋里的光阴

交出也无关紧要，还可以轻松起来
偶尔，会有好事的鸟，从山里窜出
敲开虚掩的木门，送进
更明媚的阳光

冲洗过的山路，挂满佛的印记
我们都看见了——那座山
还有山下的短风

小 镇

隔着一场雨,阳光清晰
在城市的一角,让一汪湖水
慢慢长大,将小镇洗得干净,清新
就像,雨后的样子

偶尔,在光线的一角
盖上另一个印记,我们
在湖水的波纹中,旋转着前行
与小镇一起生长

沿着湖水的边缘,开始计数
一圈一圈的,小镇年轮
其中的一圈,一定会大许多
可以多承载一段记忆

如此这样,在晴朗的一天
我们慢慢走进
就像轻轻叩响,故土的
柴门

塔

柔软的,有些微风的午前

午后,我们试着

来一次穿越,回到荒芜的草地

把酒杯翻过来,种下

发芽成一棵塔,印证,一颗简单的因

经年的塔,却被陈旧的光阴

剪成碎片,逆风时节

再次被竖起,漂白

出现更高的影子,在某一刻

穿破城里人疑惑的目光,起伏飘摇

深陷在变化中,不知所措

屏住呼吸,用之前的步伐摸索

要是以塔为见证物,是不是能看见

原始的寂静,以及

微凉的尘世中,河流在走?

那些和这些,都会

绵延下去,被风一个个打结

缠绕住园里的塔,也缠绕住

某些迷宫般的片段,成为静物

直到你来

冬雨里

对着长长的马路
做好标记,用外面的四滴雨
均匀地,分开春夏秋冬

有些模糊,冬雨
让眼睛花掉,看不见
夜的退路

把黎明时的烟花折断
佛说,善哉善哉
那是流星

想不出,在冬天雨中
如何飞过一颗流星
也没有灰烬

即此即彼,雨滴就是星星
只是多了一点声音,佛说

有就是无

打着伞,听着星星
敲击着我

计算好一个距离

计算好一个距离,慢慢坐下
看着外面渐响的清晨
想一想,还有什么要紧的事
否则,日子会过去

当然,按着设计好的
慢慢行走,毫无问题
每一扇门都会打开,关上
用佛的尺子来量,不长不短

日子的滩涂上,留一行参差的脚印
我还是很耐心地捡起
慢慢咀嚼,品出一些源头固有的滋味
甚至,会温一壶酒

一天雨一天晴,雨天听水
晴天,听几句阳光
也会在最忙碌的一瞬,用

横平竖直的经声,下酒

计算好一个距离,慢慢坐下
佛捻着我的诗句,滴答着
我,一动不动

行驶在高速公路

在昨天高速公路上,夕阳
是冬天里,特殊的图腾
应该珍惜,留念
此刻我还想着,要是做成标本
会价值连城

我们的眼神,都在雾霾和雨水里
模糊
曾试着,拨开
或许能看见,红红的夕阳
这是奢侈,难以想象

高速两旁的夹竹桃,还是
旧时的样子
看着我,往来穿梭
仿佛离开老家的马,踏过难懂的方言

冬天想起老家

从老家起身以后,我都枕着
几棵青草入睡
长长的铁轨,是我攀爬的梯子
家在另一边

冬天的雨有时很大,我把它想象成雪
铺在我疾行的伞上
你拿来轻抖,甩掉我二十多年的光阴
从此,是一个夹生的人

稀少的阳光,是陌生的
每次来临时,我都措手不及
潮湿的眉毛,沾满江南的叶子
只能,用文字一点点擦干

对此已经毫不在意

安静
的 冷

离开老家，就会学会抹掉
只是，频率不应该过大
一点点，收割，左手和右手上的
短暂的，时间

酒里的路标

和雪花一起行走,用老家的风
把南方的雪吹干,吹出
有序的马蹄声,仿佛
用手指敲击着酒杯,清脆透明
这是先人轻弹刀刃的声响
散落,在南方的雪夜

事实上
一觉醒来,还没有从乡情里走出
扎根在血里的漠色,慢慢发芽
伴着南方的雪水,长成柔软的树
要是能从酒里,捞出几缕风
就能把柔软的树吹干
吹成冬天里,老家的白杨

于是
从草原上跃出,这是偶然
没有办法在冬季里,统一两地的时间

似雪非雪,如果没有血液里的根源

肯定会在南方走散,走到

宛如故乡的天边,或者河岸

只能看见,酒面上

浮着的路标和零散的行程

一饮而尽,才能拿到路标

寻个时辰,收拾起要用的行李

一路向北,顺便

看着路上的雪,慢慢变干

雪　后

天空挂满了蓝,有些雪还白着
没有融化,寒冷在慢慢生长
冬季埋伏着,我们
还在途中,想象着,春暖花开

城市的灯光炫目,用北方的口音
遮住双眼,御寒
前前后后的日子,慢慢被浓缩
成为
异地的一颗种子,发芽

经常,把一些物品摆在供桌上
包括一碗雪
佛前的法器,会持续作响
唤醒这些未融的雪,长出莲,开成花

途经冬天的一半,雪会很多
所遇到的雪,在南方都有一个结局
仿佛我们,也都是或多或少的
一点灰烬

雪天过后,听到一首古曲

一曲云水禅心,把梨花击落
琴音如雪,浸着禅意
居然有北方数九的脆寒
叮咚声里,把冬天当作春天

草原宁静,长满少年时的草
被雪掩盖后,有沁骨的凉
我们在等,不着急
总会有一场很大的风

走在禅音里,捞一点佛的味道
我会把音符里的一个暗示
当作密码,解开浩瀚经文里的几个字
有无和来去,乃至慈悲

要是时间太久,雪也不会融化

祈望这些草,慢慢变黄

成为另一种样子

业可以在佛的面前,放下琴音

看雪

冬晨的一个场景

走到一个没有风烟的尘世
看见苍茫的云,还有绿水
还有陈旧的草棚,垛成一垛的
是过往的匆忙节奏,都被搁置起来
把一个场景还原

随意地,就可以还原成一个
空旷的牧场,用鞭子
一下一下,量出三界之外的距离
使羊和鹿,用来歇息

一些行走被我记录下来
包括佛的禅声,还有冬天的雪
甚至还有你铺开的琴音
遮住来来去去的雨,慈悲庄严

其实我看见的,是一个遥远的场景

与当下无关

我也不知道,阳光何时会来,会收起

为了不误读,我打开灯光

照耀着,太阳升起

雨中又走过运河

雨很熟悉地淋湿了我
因为,我又在清晨飞奔
错身而过的公共汽车
始终离我一步之遥
脚印在雨里,一前一后
缝起两个季节

很感谢此时的雨,把俗世的尘掸平
佛轻声耳语,要善待每个漂浮的叶子
我能听到画舫的破浪声
运河被划成两半,一半楚河
一半汉界

运河边的鸟,习惯在雨里飞
航线的旧址上,时间穿梭为经
此岸到彼岸,目光为纬
前后左右,织起一张网
每个交点上,都停着一个字

我随意抽起，凑成一首诗

一些机缘被种下，仿佛

一些雨被植入我的头发

湿漉漉的，我就会想起

原本，我们都有伞，可以

遮住文字

这一切都有原因

没有雨的清晨，还有些不适应
好些事，翻出来，清晰透明
打湿南行的脚印
缭绕的俗世，是一个行人

打开一个页面，马上
就撞翻一些指定结局
或许，应该手忙脚乱
在开始时和结局后，进入平静

忘记了一些过程
只知道，在写诗的时刻
还在等，等一句口语
或许，没有注意你济世禅语

要是按照你的时间
退出，厚厚的喧嚣
会成为一个摆设，默默无语

直到，你睡去时，为你挡风

雨后雨中，都没有定义
打开冬天的门，你在
你在烤火，我不能
拿出仅有的一点点温度，为你助燃

路程中，就是路人
佛的定义，总是牵强
这一切，当然和你无关
只记得，要把记忆，切碎

清晨慢走

经声被捣碎,过滤出清凉的汁液
冬天带着雨气醒来,沿着时阶旋转而上
慢慢接触到,过去的蝉音
停在短短的门槛上,开始注视

用相同的姿势合十
迷和悟,隔着一页纸
看穿以后,才知道什么也不明白
我看见佛,立在平地上

远方崎崎岖岖,有好几重
越走越慢,最终在佛前停住
禅香的温馨,把过往醉倒
如此,可以顺利地闭眼

一棵树下,禅叶纷飞
确实数不清楚,每一片
都是脆黄的记忆,只是
停留的城市,越来越冷

在清晨看着一杯酒

稍微一晃,酒面倾斜
清晨就过去,时间铺满每一路口
等着越过,或游离
所有的定数已排好,不管是不是
一觉醒来

举起双手,向终点示意
倏忽的风,盖上一个个邮戳
我不想转过神来,只要慢慢走
慢慢看着雾气,阳光,以及
闲茶淡酒

这是宁静的生活,有雨有风
你搬出一段往事,用来下酒
我听不清那些细节,也品不出深意
只偶尔想到,家乡的草地
和冬季的白雪羊群

看着时间，把我们一饮而尽
没能看到，你要的那种醉
在故土的坛子里，发酵了很久
从清淡走向厚重，从厚重新走向清淡
回到水，就回到清醒和本然

异乡的脚步渗进一个个清晨
我们又成为一杯念旧的酒，引诱着时间
将我们从浅浅的杯底，捞出
找出先前的寂静，然后，被一点一点地
晒干

对 抗

顶礼之后,与佛互换位置
试着,学会另一种生活
否则,或许会落入时间制造的陷阱
成为,无辜的猎物

之前,学会的逃脱之术
在宏大的法门面前,毫无用处
所以,提前准备好
才是上策

其实我对上策毫无信心
要是有可能,可以把故乡的广袤拾起
默默对抗,输和赢不去计较,离开佛的注视
以宏大对抗宏大,不担心,无处可逃

这是正道,时间面前
无法逃脱,以草原为支撑
所有的划痕,微不足道
倒下,也是雄伟地站起

选 择

接着,才能逃离尘世的疲倦
与草为伍,把身体的空
放入细密的草,看着佛
慢慢挥手

清晰的经文,已经红红的落阳
交相辉映,还有草
我揉揉眼睛,心静似水
一样一样地,开始选择

感悟念经

不会念经,老觉得佛会见怪
有些人,从青眉念到白发
我羡慕不已,越听越空灵
最好,有人也替我念经

西来的菩萨,披上东方的容颜
慈眉善目,估计
还是能听懂翻译过的经文
由此可见,佛会好几国的语言

一动不动的佛,拈着花
也不表态,我才知道
确实五蕴皆空
念经,原来是念给自己
或者天空

烧一炷香,击一通鼓

自己闻闻，自己听听
也拈花一笑
果真太玄妙，太深奥
那么，佛怎么办呢

遥远的地方

一声喷嚏,吹灭

远方里,早晨的炊烟

反刍的牛停下,惊喜地抬头

枝头上的月光,溅起水花

满地晶莹

经常,把路程分为两段

一段被珍惜,一段被遗忘

加在一起,就是佛说的路途

一前一后

凛冽的风,煮沸乡音

熟悉的旧迹,被漂白

黎明前的这颗星,的确长在北方

除去流星,数量还是一样

看见,早起的霞光剥落昨日

只能,背着自己老去
回程的路,山高水长
我,只能装作一个过客
慢慢地,走进,走出

码头渡口

（一）

突然想到,渡口码头

也没什么区别,而且

边上的粼粼河水,都是流淌

这很有意思,说不定佛

会有另一个答案

此岸彼岸,不知是从哪里出发

渡口,还是码头

要是累了,或者出发

清尘和露水,都在哪里等候

佛可知但不可说

（二）

而后,穿行于人海,我不是鱼

熙攘的浮声,泡沫般泛在周围

在某一个码头,上岸

呼几口气,稍作停留

可能是一滴水

有时的情形出乎意料,会有支流
横在面前,向佛许一个渡口
慢慢渡过,回头看见
一滴一滴的人,还在汹涌
佛在背后,缓缓修葺
简单的渡口,才不会杂草丛生

(三)

来和去,都是一个码头
这和我猜想的一样
时间穿水而过,一半醒着

一半沉睡,才可以忽略冬天
台阶上长满青苔
佛躲在每一滴水里,调整
光线的强弱,某一刻
天就会暗下,我的手
也走进黑夜

然后,看阳光慢慢烧起
码头上,人声变冷

佛扶着岸边的栏杆,颔首致意

船迅速开起

(四)

晨间的吆喝声,用来掌舵

一声长,一声短

这次的雨从昨晚开始

天亮得越来越晚，要是有雨
根本看不清时辰，只是
雨滴渐渐地，亮了起来
仿佛，飘着北方的雪

冬雨的轻，区别于整个夏天
我试着，把天气描述清楚
不会，打碎你计划好的心情
拨动琴弦，你要叩响路上
陌生的影子

隔着冬雨，偶尔会听见
一句清晰的声音，在喊
我一直不确定，这是在喊谁
你平静地点头，假装没有听见

站在雨中，就是离雨最远
站在雪中，感觉离家最近

这是南方，可以撑着伞越冬
我数着雨滴，计划着有一场雪

从昨晚开始，到现在了
雨滴散落，你坐在佛的光阴里
一个个拾起，用书面语的姿势
串成口语的经谣

阴天里的一些偈

佛在阴天里就会很朦胧
这点毋庸置疑
我写的诗歌里，经常有佛走进
你翻开济群法师的书，一句一句印证

关于佛，总是零零碎碎
不能细抿，有时候顶礼的一杯茶
被我使用好多年，你固执地认为
还残留着龙井的清香

我无意指出，其实
茶已经苍老，只留下淡淡的一点味道
和佛无关
能开悟的，早已开悟

拥挤的佛法，叫我们一一理清
我确信，在阴天里
只能看到佛的朦胧

安静
的冷

有时，我们都在慢慢思考

而这些，才会慢慢返回
返回到我出发的那一刻
你手里的，清澈的异乡
布满云。而我，接过此岸的叮嘱
造一艘船

古琴曲之酒狂

一些日子和意念，可以挥刀斩去
仿佛斩去一部分笨拙的肉身
如此，可以轻盈地，举杯畅饮
才不管，那些无家可归的佛

要是酒足够多，会适当地
邀佛来饮，这样用琴声下酒
就能看到北方的雪慢慢化掉
也能看见青草，慢慢长出

最重要的，被斩去的一切
也会长出，长大
多好呀，就有再一次的时光
来修正，琴上的空灵

琴声更空的话，佛
或许会用三千年的光阴
来换取一场大醉，找

那么多和意外的惊喜

和更大的圆满

曲终时醒来,揉揉眼睛

在琐事里,继续生活

冬至后的第一个阴天

冬至后的第一个阴天
在秋天时被种下
现在长出
阴天以外的,再远处
就是雪白的北方

长眠的清醒之后,得收拾一下
迅速出发,迟了,佛也不会怪罪
只是
会把门外的冬,当作北方的秋

很快
佛音安详,雨声也走出三界
浮名还是耀眼
我摘下蓖麻叶,扣在头上
一只手摁住,内外一如
在旷野里飞奔,无上庄严

记错了,飞奔的是北方的我

是在北方的秋天

佛来之后,我一直在南方沉睡

尽管,佛有时用经声

来击打

我也仅仅翻翻身

在异乡,就得有异乡的样子

阴天想起的冬天

下起的雨，是圆形的
就像，佛说起的经文
环环相扣
我举起一杯南方的酒，劝你喝下
然后，突然想起，重新来粘贴冬天

之前，我已经无法复制
每一刻，酒都是沉默的
我试图解析佛教会的，熟记于心的操作手法
来应对冬天
放心，我和你一样，佛的面前
充满谦卑

所以，还是建议用一些简单的词汇
把佛意解释清楚
当然，解释的过程还会模糊
我们都没有刻意，用一次佛设计碰撞
把因果，推给无涯的时间

只能用文字，加上插图
一点点虚构，忽略凡间的情节
谋划别样的冬天
可惜的是，佛的手上
响起新年即至的闹铃

这样会惊醒昨日的我
我会看见，佛拉着佛
削减冬天

雨里的圣诞

圣诞的痕迹,越来越浅
越来越浅,雨占据了天空
要是能从北方乡下带来雪
圣诞才有完美的结局

雨水涟涟的圣诞,挽不起裤腿
所以,走不进你带着水汽的祝福
要是我能拍拍手,就把沾着的昨天抖掉
包括之前圣诞节里的细雨

一切都蒙上雾气,这个时节
我们被一次次驱赶着,在雾霾的缝隙里
来回穿梭,或者被掌声惊醒
睡着的时候,一遍遍来临摹
晴暖的天空

有时也很担心,圣诞没来之前
我们的祝福就老了,雨不紧不慢

在晃动的时针面前,一切都是背景
没有主人,也没有过客

这就是雨里的圣诞节,我提着一些
你忽略的光阴,前来敲门
圣诞快乐

天气预报

像马路一次次被翻修
天气反复不定

这些安排都是有原因的
有悠久的传承
没有雨了,就是阴天或天气晴朗

掸去灰尘,找出天气的节
然后,看看天气预报的心
晴转多云

还是留点真的感觉

删除掉一些足迹，需要勇气
已经在脚下陪了很多年
推后了很久
用力敲下一个感叹号，作为结束
把疑问，放进俄罗斯的套娃里

有点风的清晨，适合决定
路灯按时关掉，叫回又一个黎明
提醒自己，安全地从昨夜走回
这个过程，像是逆行

原本，在琐碎面前，该拂袖而去
可在忙碌的时间里，筑起虚拟的债台
一些落满灰尘的言语，毫无价值
在债台上，被高价出售

仰视着山以及别的，然后低头

留点真的感觉
看着风,冬季,还有很多伏笔
这些都不重要,一一放下
比无色还浅的,肯定是真实

我看见清晨少了一段

汽车的行走声一刻也没有停下
成群的星星,没有留住完整的夜
天亮了,夜躲闪着退去
如佛所说,来的来,去的去

只需声声着实,念念靠紧
伴一点点声响,一点点光亮
才会躲过外在的黑,心会被击退
不会被击伤

柔和的光线射过来,本来无念
贴着庙门静听,柔和的佛意把我推开
习惯了在清晨,破门而出
就不知道该如何,敲门而入

拂晓前,会被几句经声绊倒
你把冬天的温度,一点一点降下
我茫然不知,要是有雪,才有相可循

天雪一色,似白非白

此刻,我看见清晨少了一段
也许被佛取走,填充
虚度的,夜的光阴

会有鱼在游

水面的薄冰,是设计过的浮屠
冬季过了,就会消融
然后用一滴酒,测量出你疲倦的浓度
和水的深度,以便能够
放几尾鱼

岸边的树枝没有叶子,我用笔
画上几片,貌似
这是一个葱葱的春天
深深的河底,有鱼在游
一起守着一个秘密,虽然很难

而有些眼神露出的宽恕,像水一样
漫过天空
在鱼的指引下,成为经典的云朵
盖住凸凹不平的秘密

会有鱼在游,说明水是清澈的

能看见枯黄的秘密,慢慢变色
成为我们都认识的水草
所以要感谢鱼

这样就清楚了,一望无际的水面下
所有秘密和困难,都会长成草
然后再见

月光之谜

搁浅后的月光

没留下一点痕迹

都成了谜

这也难怪,在阳光面前

只能是用影子,来收拢脚印

以及晴朗的,天真

后 记

一年多来，工作异常繁忙，不过还是抽出时间读了一些书，也写了一些诗歌，感觉仿佛在匆匆的时光中参加一场场盛宴，更像一个怀着忐忑心情耕种的农人，在烦闷的季节唤来一阵凉风。现实生活与诗中描写的世界，几乎格格不入，或许是疗心的药引，却不知药在何处。这无关紧要，所有卦爻都有必然的指向，却还有另一种峰回路转的解释。诗歌也是如此。

总体来说，还是勤奋的，每天清晨醒来，急匆匆地投入写作，是一件比较有意义的事情。其实经常有不适合写作的情形，但还是坚持了下来，觉着这才是生活。写了几本集子，是一种对自己生活的总结，别无他意。写作时是幸福的，一点点记录下自己的心迹与体会，唯一难过的，就是一遍遍地修改，说实话，令人很痛苦，以至于经常看着电脑上的文件，迟迟不敢打开。但书里的每一个字，都是小心翼翼地写出，生怕碰碎了。修改校对期间，很多文字舍不得删掉，生怕删掉以后，再也找不回来了。所以还经常把这些文字收集起来，存放于一隅，想着以后的某一天会用上，其实是聊以自慰罢了。

　　取名《安静的冷》，没有特别的含义，只是在写作的某个阶段出现的一种状态，或者说就是一些单纯的诗歌。记得冬天里走在运河边，风吹过时，确实有扑面的冷，冠之以安静，仿佛有了另一种诗意。还有就是小波老师在序言中所说的，他读出了我的心思，在此向小波老师致敬。当然也没有刻意去写佛，含义太深、太广、太难，几行文字根本无法说清。尽管理想是有一颗佛心，可在无法逃避的现实中，只能擦去一些阴影。这本集子是阶段性的一种心境，生活里也少有书写中的禅意，更多的是忙忙碌碌，聊以糊口。这才是常态。不过有时候读起自己的作品，心里却很是忐忑，甚至有些惊喜，这些文字难道就是自己写的？一段时间还处在恍惚中，然后再慢慢回忆起写作时的场景，此时最终清醒过来。

　　好像有位名人说过，写作就是一种修行和觉悟的过程，问问自己从哪里来到哪里去，因水平有限，不敢想更不敢问。我只是一名文学爱好者，修行觉悟不敢提起。最近两年工作上特别忙碌，很多文学活动都没有参加，少了很多学习的机会，心里多少会有些遗憾。但未来可能更忙碌，这也是没有办法的事情，爱好和生计，总得有所取舍。

　　付梓之际，感谢多年来给予我帮助和支持的领导、同事、家人、朋友，工作生活都得益于大家的支持。文学之路既漫长又短促，慢慢走过就是了。

　　　　　　　　　　　　　　　　2018年12月